Bibliografische Information der Deutschen
Nationalbibliothek

Die Deutsche Nationalbibliothek
verzeichnet diese Publikation in der
Deutschen Nationalbibliografie,
detaillierte bibliografische
Daten sind im Internet unter
http://dnb.dnb.de abrufbar

Copyright 2017 Heiko Mallau
Herstellung und Verlag:
BoD, Books on Demand, Norderstedt

Urheberverweis: Das für die
Covergestaltung verwendete Bild
(Teil des Reichstagsgebäudes)
wurde lizenziert durch **quarknet.de**

ISBN: **9783743187344**

Inhalt   Seite

1

Yes, I can	3
Auch Sie können Kanzler! Kleine Anleitung für Leute, die ganz hoch hinaus wollen	
Die nächste Reform	20
Segensreich ist oft die Planung oder Der Zweite Punische Krieg findet nicht statt. Ein Märchen	24
Ein Vortrag, gehalten auf dem Psychologenkongress in H. im Sommer 2037	34
Die Wahrheit über John Maynard	40
Moderne Zeiten	47
Und übrigens...	49

Yes, I can
Auch Sie können Kanzler!

Kleine Anleitung für Leute, die ganz hoch hinaus wollen

1. Vorwort
2. Welche persönlichen Voraussetzungen müssen Sie erfüllen?
3. Wie Sie die Macht erringen
4. Wie Sie die Macht ausüben
5. Wie Sie Ihre Macht verteidigen.

Vorwort

Sie haben Glück, dass Sie in den herrlichen demokratischen Zeiten unserer FDGO (für Nicht-Juristen: Freiheitlich-Demokratischen Grundordnung) leben.

Warum?

Hätten Sie vor 200 Jahren zu Zeiten der Preußenkönige gelebt, so hätten Sie vermutlich keine Chance, jemals die Macht im Staate zu erringen. Damals musste man von Adel (am besten von Hochadel) sein, um sich berechtigte Hoffnungen auf ein höheres politisches Amt machen zu können. Nicht, dass die Zugehörigkeit zur blaublütigen Klasse heute direkt ein Klotz am Bein wäre; es gibt da einschlägige Beispiele. Die gute Nachricht ist aber, dass heutzutage jeder (na, sagen wir: fast jeder) es bis zum Bundeskanzler bringen kann. Geschlecht oder Abstammung spielen keine Rolle; jeder Bundesbürger, wenn er nicht direkt vorbestraft ist, kann es bei entsprechenden Begabungen heute bis in die höchsten Ämter schaffen (und hat er es erst einmal soweit geschafft, ist die Wahrscheinlichkeit einer strafrechtlichen Verfolgung denkbar gering).

Sie sind nicht vorbestraft? Wunderbar. Dann steht Ihrer Politkarriere nichts mehr im Wege.

Um Ihnen Ihren Start in die hohe Politik ein wenig zu erleichtern, wurde dieses Büchlein geschrieben. Es enthält wertvolle Tipps, deren genaue Befolgung Ihnen den Weg ins Zentrum der Macht ebnen kann.

Ich wünsche Ihnen viel Vergnügen bei der Lektüre und einen kometenhaften Aufstieg.

Und sollte Ihnen dieser Aufstieg tatsächlich gelingen (und sollte Ihnen dieses Büchlein dabei geholfen haben), vergessen Sie den Autor nicht :-))

2.. Welche persönlichen Voraussetzungen müssen Sie erfüllen?

Q. (Question; neudeutsch für Frage): Ich habe nur einen Intelligenzquotienten von etwa 100. Ist das ein Hinderungsgrund?

A. (Answer = Antwort): Überhaupt nicht. Sie wollen ja nicht die Relativitätstheorie revolutionieren oder das Perpetuum Mobile erfinden (so nützlich diese Maschine zur Lösung unserer Energieprobleme auch wäre), sondern Sie wollen bloß ein 80-Millionen-Volk regieren. Sie werden über Menschen herrschen, deren IQ zwischen 80 und 160 liegt. Die Bürger am unteren Ende dieser Skala sind Ihre potenziellen Wähler. Sie zu überzeugen, dürfte Ihnen nicht allzu schwer fallen. Dabei ist stillschweigend vorausgesetzt, dass Sie ein eloquenter Redner sind; ohne diese Eigenschaften hätten Sie es einigermaßen schwer, in der Politik Fuß zu fassen. Mit den Leuten vom oberen Ende ist der Umgang nicht so einfach. Bei dieser Gruppe müssen Sie mit kritischen Presseveröffentlichungen, Reden in der Öffentlichkeit oder im Bundestag oder mit sonstigen Störaktionen rechnen. Wie Sie damit fertig werden, wird in diesem Buch später behandelt.

Eine gewisse bodenständige Bauernschläue ist dagegen unerlässlich. Not tut auch ein fester, mit hoffentlich angeborener List verbundener Wille, die eigenen, von Ihnen als richtig erkannten Ziele durchzusetzen. Dazu braucht es nicht unbedingt eine akademische Ausbildung oder einen scharfen Intellekt. Logik, scharfes Denken und hoch entwickelter Sachverstand ist etwas für die Subalternen, die Ihnen diese Dinge als Dienstleistung zur Verfügung stellen werden. Sie selber aber haben derlei Firlefanz nicht nötig. Sie sind als Kanzler der Chef, entscheiden und sagen, wo es lang geht.

Naivität hingegen wäre tödlich. Darunter verstehen wir mangelnde Einsicht in Charakter, Motivation und Handlungsweise unserer Mitmenschen, verursacht etwa durch falsche Verdrahtung im Gehirn oder fehlende oder ungenügend verarbeitete zwischenmenschliche Erfahrungen mit anderen Individuen. Es braucht im Gegenteil eine gründliche Menschenkenntnis. Sie müssen wissen, wie die von Ihnen Regierten ticken: Im Zweifelsfall sind sie arbeitsscheu, geldgierig und nicht immer gesetzestreu. Wenn Sie erst wissen, wie diese auf bestimmte Reize reagieren, können Sie sie beeinflussen. Darauf läuft die hohe Staatskunst schließlich hinaus: Das Staatsvolk dazu zu bringen, das zu tun, was Sie von ihm erwarten. Das hat nichts mit Manipulation zu tun.

Q.: Welche Berufsausbildung sollte ich haben?

A.: Hier werden keine allzu hohen Anforderungen zu stellen sein. Abitur muss schon sein, ein Studium der Soziologie, Politologie oder der Journalistik wäre nicht schlecht. Auch eine abgeschlossenen schauspielerische Ausbildung wäre sehr hilfreich. Ausgefallene Studiengänge wie z.b. Indologie sind durchaus akzeptabel. Optimal wäre ein Studium der Rechtswissenschaften. Da Sie es viel mit Juristen zu tun haben werden, könnten Sie deren Fachchinesisch ohne Dolmetscher verstehen, da Sie alle die relevanten Ausdrücke drauf haben.

Günstig wäre es auch, wenn Sie einen akademischen Titel führen. Aber Vorsicht: Sie sollten sich sehr sicher sein, dass Sie das für dir Gewinnung dieses Titels benötigte Material möglichst selbstständig erarbeitet haben. Sie können davon ausgehen, das entsprechende Arbeiten wie z.b. Habilitationsschriften von Ihnen übel gesonnenen Individuen genau unter die Lupe genommen werden. Längere unzitierte Abschriften aus dem Internet könnten tödlich sein. Damit haben verschiedene Führungskräfte schon schlechte Erfahrungen gemacht.
In diesem besonderen Falle gilt, da es sich hier um die Einhaltung akademischer Vorschriften (und nicht um hohe Politik) handelt, der gute alte Spruch „Ehrlich währt am längsten."

Schwierigkeiten wären in diesem Fall von den üblichen Verdächtigen (siehe weiter oben) zu erwarten.

Sollten Sie hingegen eine Ausbildung als Diplomchemiker oder - Ingenieur haben, stellt sich schon die Frage, warum Sie eigentlich in die Politik wollen. Die Vermutung, dass Sie in Ihrem ursprünglichen Beruf nicht reüssiert haben oder aus irgend welchen anderen Gründen dort nicht glücklich geworden sind, liegt nahe. In diesem Falle müssen Sie damit rechnen, dass politische Konkurrenten oder Gegner Recherchen in Ihrer Vergangenheit anstellen und Sie diskriminierende Ergebnisse bei passender Gelegenheit an die Öffentlichkeit bringen. Haben Sie da „Leichen im Keller"? Haben Sie bei der Herstellung von Entlaubungsmitteln oder Kampfgasen mitgewirkt? Haben Sie eine Mogelsoftware entwickelt, die etwa die Ergebnisse amtlicher Untersuchungen schönt? Haben Sie eine Konstruktion entworfen, welche die Firma, bei der Sie beschäftigt waren, in die Insolvenz getrieben hat? Das wären sicherlich schwerwiegende Minuspunkte.

Q.: Welche Kenntnisse und Fähigkeiten sollte ich sonst noch haben?

A.: Fachkenntnisse wie z.b. in der Staatskunde, in Volks- oder Betriebswirtschaft wären nützlich, sind aber nicht Voraussetzung. Sie müssen sich klar machen, dass Sie über ein gewaltiges Reservoir an Fachkenntnissen gebieten werden: Auf jedem Gebiet stehen Ihnen Fachleute zur Verfügung, die Sie gewissermaßen auf Knopfdruck beraten können.

Wichtig ist, wie bereits gesagt, dass Sie reden können. Lehrer und Geistliche haben den unfairen Vorteil, dass sie von Berufs wegen gut und überzeugend zu reden und zu argumentieren verstehen. Sollten Sie nicht zu diesem Personenkreis gehören, so wäre Ihnen dringend zu raten, sich einer entsprechenden Ausbildung zu unterziehen.

Wenn Sie einen Gedanken haben, sollten Sie im Stande sein, diesen so klar und zutreffend zu formulieren, wie die jeweilige Situation es erfordert. Das kann bedeuten, dass Sie einen Sachverhalt prägnant formulieren (wenn Sie zum Beispiel Kritik an der Opposition anzubringen haben). Das bedeutet aber auch, dass Sie auf gefährliche Fragen überlegt reagieren und Ihren Gegnern keine Steilvorlagen liefern. In solchen Fällen ist es ratsam, eine eloquent formulierte Nullaussage von sich zu geben. Ein guter Anfang ist zum Beispiel: „Das ist eine sehr interessante Frage. Gestatten Sie, dass ich zur Beantwortung etwas weiter aushole....."
Und dann weichen Sie der präzisen Beantwortung der Frage gekonnt aus, indem Sie vom Hundersten ins Tausendste kommen.

Sollte ein schwieriger Reporter hartnäckig auf der genauen Beantwortung seiner Frage insistieren, informieren Sie den, dass Sie 1. seine Frage vollständig beantwortet haben und 2. nun einen dringenden Termin wahrnehmen müssen.
Im übrigen geben Sie Anweisung, dass dieser zudringliche Typ

nicht mehr zu Ihrer nächsten Pressekonferenz zugelassen wird.

Q. Ich spreche nur sehr schlecht Englisch, andere Fremdsprachen beherrsche ich überhaupt nicht. Ist das nicht ein Handicap?

A. Überhaupt nicht. Als Kanzler der Deutschen sprechen Sie natürlich Deutsch. Bei internationalen Konferenzen stehen immer Dolmetscher zur Verfügung, die jedes von Ihnen gesprochene Wort in alle dort gesprochenen Sprachen übersetzen.
Es ist dringend davon abzuraten, Ihr möglicherweise unvollständiges Englisch auf andere los zulassen. Dabei kommen ungewollte Schnitzer heraus, die nach Ihrer Heimkehr dann genüsslich von den Ihnen nicht freundlich gesonnenen Medien unters Volk gebracht werden. Da gibt es abschreckende Beispiele.

Q. Muss ein Kanzler ein guter Mensch sein?

A. Wichtig ist, dass die Bürger, die Sie regieren, das von Ihnen glauben. Diese unterstellen in der Regel, dass diejenigen, welche sie regieren, ähnlich denken und fühlen wie sie selber. Sie sind überwiegend ziemlich ehrlich, arbeiten fleißig und zahlen regelmäßig ihre Steuern.
Welche Eigenschaften, so müssen Sie sich aber fragen, bringen einen Menschen ganz nach oben, auf den Gipfel der Macht? Sind es Allerweltseigenschaften wie Anstand, Fleiß, Pflichtgefühl, Disziplin, berufliches Engagement? Hat nicht ein Politiker einmal verächtlich gesagt, das seien Sekundärtugenden, mit denen man auch ein Arbeitslager (er hat das Lager noch etwas genauer definiert) leiten könne?

In den eisigen Höhen, in welche Sie streben, die aber nur ganz wenige erreichen, wird die Luft sehr dünn. Dort oben herrscht ein erbarmungsloser Konkurrenzkampf, es sind andere Qualitäten gefragt, als man sie etwa von einem Finanzbeamten oder einem Notarzt erwartet. Mitgefühl mit Konkurrenten, geistig-moralische Grundsätze, irgend welche menschlichen Skrupel wären nur Behinderungen im Kampf um den ersten Platz. Es zählt allein die kühle Logik desjenigen, der aus den menschlichen Schwächen anderer seinen Vorteil zieht. Fast alles ist erlaubt, um das selbst gesetzte Ziel zu erreichen. Und weil die ganz normalen Alltagsmenschen in der Regel von sich auf andere schließen, können sie sich derartige Abgründe von Andersartigkeit einfach nicht vorstellen.

Aber Sie haben keine Wahl. Sie tun es schließlich für die Gute Sache.

Q. Muss ich als Kanzler/in immer die Wahrheit sagen?

A. Was ist Wahrheit? Doch irgendwie eine Definitions- und Anschauungssache.

Einer großer Mann hat einmal gesagt, dass es drei Kategorien der Wahrheit gäbe: die schlichte, die reine und die lautere Wahrheit. Er hat diese drei Kategorien nicht näher definiert, aber der Sinn seiner Aussage ist klar: „Wahrheit" ist ein schwieriger und relativer Begriff.

Die Wahrheit ist schließlich das, was Sie am Ende als Wahrheit durchsetzen.

3. Wie Sie die Macht erringen

Eine wichtige Voraussetzung für eine hoffentlich möglichst steile Politkarriere ist natürlich, dass Sie in eine nützliche Partei eintreten.

Q.: In welche Partei trete ich da am besten ein? Ich habe keine ausgeprägte politische Überzeugung.

A.: Das macht nichts. Wichtig ist nur, dass Sie eine Partei wählen, die Aussichten hat, bei der nächsten Bundestagswahl die meisten Stimmen zu bekommen (sog. „Volkspartei"). Der Eintritt in eine Splitter- oder Nischenpartei wie die Offizielle Monsterpartei oder die Partei der entschiedenen Busbenutzer deutet vielleicht auf eine gewisse satirische Begabung Ihrerseits hin, ist aber aber für eine Politkarriere wenig hilfreich. Wenn dieser Schritt getan ist, besorgen Sie sich das Parteiprogramm und lesen es gründlich durch. Kernpassagen können Sie auch auswendig lernen. Sie müssen auf gelegentliche Updates achten, welche durch Parteitage Ihrer Organisation immer mal wieder losgetreten werden.

Als nächstes kommt es darauf an, die wichtigen Persönlichkeiten Ihrer Partei auf sich aufmerksam zu machen und vielleicht für Sie zu gewinnen.

Da gibt es verschiedenen Ansätze:

- Machen Sie sich für sie nützlich. Können Sie gut schreiben? Dann könnten Sie anbieten, die eine oder andere Rede für Vertreter aus diesem Personenkreis zu schreiben. Diese Methode birgt jedoch die Gefahr, dass der betreffenden Person Ihr Talent so zusagt, dass sie sich an diesen Service gewöhnt und versuchen wird, Sie dauerhaft auf diese Rolle fest zu legen. Wenn man etwas gut gemacht hat, wird man gern gebeten, das zu wiederholen, wie Sie sicher wissen. Als Ghostwriter zu enden, ist aber doch nicht Ihre Ambition. Sie könnten sich für diesen Fall beispielsweise eine „Schreibblockade" zulegen (was immer das nun genau ist).

- Noch besser ist es, eine gute, selbst geschriebene Rede auch selber zu halten (s. hierzu den nächsten Punkt).

- Fallen sie den führenden Persönlichkeiten Ihrer Partei auf. Kommt Ihr Parteivorsitzender bei einer parteiinternen Diskussion in Bedrängnis, stellen Sie sich auf seine Seite, etwa indem Sie sein etwas unglücklich formuliertes Argument etwas gefälliger darbieten. Jeder hat mal einen schlechten Tag; seien Sie ihm in einer derartigen Situation ein Freund. Er wird Ihnen Ihren Einsatz, wenn der denn erfolgreich war, sicher nicht vergessen.

- Haben Sie eine neue Idee, die in das Programm Ihrer Partei passen würde?
Wenn sie diese vorbringen, ist es gelegentlich hilfreich, sich einen gewissen revolutionären Anstrich zu geben (das suggeriert, dass Sie einen frischen Wind in Ihre Partei bringen möchten). Es ist sicher überflüssig, zu erwähnen, dass Sie dabei niemandem in Ihrer Partei auf die Füße treten sollten.

- Gibt es Programmpunkte, die sie für unmodern, kontraproduktiv oder wenig wahlwirksam halten? Hinterfragen sie diese. Bei der Bewertung dieser Punkte können Politologen oder Meinungsforschungs-Institute Hilfsdienste leisten.

- Hat eine konkurrierende Partei Programmpunkte, die Sie für wählerwirksam halten? Adaptieren Sie die, aber bringen sie irgend eine kleine Veränderung hinein, so dass diese dann einigermaßen mit dem Rest des Programms Ihrer Partei harmonieren.

- Sorgen Sie für Freunde und Unterstützer in Ihrer Partei. Bauen Sie ein Netzwerk von Gleichgesinnten auf. Machen Sie deutlich, dass diese im Falle Ihres Erfolges zur Regierungsmannschaft gehören werden.

Und nun – auf in den Kampf!

4. Wie Sie die Macht ausüben

4.1 Wie Sie richtig Anweisungen erteilen und Probleme lösen.

Dieses ist ein ganz wichtiges Thema.

Wenn ein Vorstandsvorsitzender in einem bedeutenden Konzern, sagen wir mal, einem großen Automobilkonzern, eine Richtungsentscheidung zu fällen hat, zum Beispiel über die Einführung einer neuen Motorengeneration, ist es wichtig, dass er präzise Anweisungen erteilt.
Derartige Entscheidungen werden meist in einem Team von Fachleuten, Ingenieuren, Designern, Marktforschern und Kostenrechnern, gemeinsam vorbereitet und in einem größeren Gremium diskutiert. Die Ergebnisse werden dann gemeinsam beschlossen und schriftlich festgehalten. Der VV segnet dann das ausformulierte Arbeitsergebnis ab und tut dies kund, indem er das Arbeitspapier unterschreibt. Dadurch wird dokumentiert,

dass er als Spitzenmanager für das Endergebnis verantwortlich ist. Werden die Motoren dann ein Flop, muss er seinen Hut nehmen.

In der hohen Politik läuft das völlig anders.

Wie kommt das?

In der Politik sind (im Gegensatz zur Industrie, die nur die Maximierung der erzielten Gewinne anstrebt) häufig mehrere Gesichtspunkte zu beachten. Ein Beispiel: Wenn zum Beispiel die Bundeswehr einen neuen Panzer beschaffen möchte, so ist es natürlich wichtig, dass der Truppe ein geeignetes Gerät zur Verfügung gestellt wird. Das ist aber nicht der einzige Gesichtspunkt. Natürlich muss auch mit dem Geld der Steuerzahler sparsam umgegangen werden (dass dieses geschieht, darüber wacht der Bundesrechnungshof). Und schließlich hängen von der Entscheidung, an wen dieser Auftrag vergeben wird, auch noch Arbeitsplätze ab.

Nun werden Sie als Bundeskanzler in der Regel nicht direkt mit solchen Entscheidungsprozessen befasst sein. Es kann aber sein, dass Sie von interessierter Seite angesprochen werden und man die Bitte an Sie heran trägt, Einfluss auf diese Entscheidung zu nehmen. Da können nun weitere Gesichtspunkte ins Spiel kommen. Stehen Arbeitsplätze auf dem Spiel? Ist die interessierte Firma mit Ihrer Partei verbunden? Hat sie in der Vergangenheit namhafte Parteispenden getätigt?

Was ist in dieser Situation zu tun?

Es versteht sich von selber, dass Sie nun nicht zum Verteidigungsminister laufen und ihn anweisen, die Panzer bei der Firma XY-Stahl zu beauftragen. Hier ist eine bedeutend subtilere Vorgehensweise angesagt.

Sie könnten nun beispielsweise in einer (möglichst kleinen) Runde hoch angesiedelter Parteifreunde äußern „ich hörte, die Firma XY-Stahl produziert die besten Panzer. Haben die nicht der Partei zur letzten Bundestagswahl 50 Millionen Euro gespendet?"
Das dürfen Sie natürlich keinesfalls schriftlich von sich geben,

da für den Fall, dass Murphy zuschlägt und etwas schief geht, ein Neider das Papier an die Öffentlichkeit bringen könnte.

Es ist zu vermuten, dass ein Zuständiger von den so Angesprochenen Ihre Äußerung als Auftrag versteht und mit dem zuständigen Ministerium Kontakt aufnimmt. Und in aller Regel verläuft die Auftragsvergabe wie von Ihnen gewünscht.

4.2 Ist etwas schief gegangen?

Nehmen wir an, die Sache läuft schlecht: Die Panzer rosten nach kurzer Einsatzdauer, die Kanonen schießen daneben oder die Motoren funktionieren im Winter nicht. Was ist in einem solchen Fall zu tun?

Sie selber sind aus dem Schneider, denn Sie haben dem Ministerium keine Anweisungen erteilt. Auf jeden Fall müssen Sie sich der Angelegenheit annehmen. Die Presse wird die Angelegenheit hoch spielen, über Schlamperei und Vetternwirtschaft spekulieren. An dieser Stelle müssen Sie eingreifen und für Ordnung sorgen. Das erwartet man als Kanzler nun von Ihnen. Auf einer passenden Pressekonferenz geben Sie zu, dass da die nachgeordneten Gremien nicht funktioniert haben, wie sie sollten, und versprechen brutalst mögliche Aufklärung.

Nun müssen Konsequenzen folgen: Feuern Sie den für die Beschaffung zuständigen Abteilungsleiter des Ministeriums und sorgen Sie dafür, dass sein Nachfolger ein mit Ihnen verbundener Mann ist.

Den geschassten Beamten sollten Sie nicht in den Boden stampfen. Sie haben herausgefunden, dass er sich bei einer entscheidenden Sitzung im Ministerium mit fachlichen Argumenten gegen die Beschaffung des betreffenden Panzers ausgesprochen hat. Als vorsichtiger Beamter hat er auch noch einen Aktenvermerk produziert und der Spitze des Hauses vorgezeigt. Also besorgen Sie ihm (zusätzlich zu seiner vollen Pension) einen gut dotierten Posten bei irgend einer Brüsseler Behörde. Außerdem können Sie ihm (für seine bisher geleisteten treuen Dienste) noch das Bundesverdienstkreuz zukommen lassen.

Wenn jeder zufrieden ist, wird niemand Probleme machen.

Wo Menschen arbeiten, werden Fehler gemacht. Und so kommt es vor, dass Ihnen selber irgend etwas gründlich daneben gerät. Eine Ihrer Entscheidungen hat einen beträchtlichen Kollateralschaden zur Folge gehabt. Kann Ihnen das schaden? Das kann man nie ganz ausschließen, selbst dann nicht, wenn Sie selber nach außen hin gar nicht in Erscheinung getreten sind. Vorsichtig, wie Sie nun mal sind, haben Sie Nachgeordnete agieren lassen.
Aber man kann nie wissen, was geschieht, sollte die Öffentlichkeit Wind davon bekommen.
Also nehmen Sie sich der Sache höchstpersönlich an. Fordern Sie die Akten an, und wenn es nötig sein sollte, lassen sie diese diskret verschwinden.

4.3 Wie Sie die richtigen Entscheidungen fällen

Angenommen, eine Generationenentscheidung steht an. Sie ist geeignet, die Wirtschaft und damit das Wohlergehen des von Ihnen regierten Volkes wie auch das Zusammenwirken mit unseren europäischen Nachbarn in neue Bahnen zu lenken. Was ist zu tun?

Sie sind sich Ihrer Verantwortung für diese schwerwiegende Weichenstellung voll bewusst. Also versammeln Sie Fachleute, die sich mit der Wirtschaft und den Finanzen bestens auskennen, um sich und erörtern das Problem mit denen.

Die Fachleute, froh über die Gelegenheit, einmal ihr gesammeltes Wissen zum Besten zu geben und sich entsprechend zu profilieren, bombardieren Sie mit ihrem angelernten Fachchinesisch. Wenn Sie kein studierter Ökonom, Jurist oder Politologe sind, verstehen Sie nicht die Hälfte von dem, was die Eierköpfe da von sich geben. Am Ende bleiben Sie ziemlich verwirrt zurück.
Immerhin haben Sie mitbekommen, dass ihre Gesprächspartner schwere Bedenken gegen Ihre Pläne geäußert haben.

Was ist zu tun?

Zunächst einmal überschlafen Sie die ganze Angelegenheit. Dann besprechen Sie die Sache mit Menschen, denen Sie vertrauen: Ihrer Frau, Ihrer Sekretärin, die Ihnen schon über elf Jahre zur Seite gestanden hat, und vielleicht mit ihrem persönlichen Ratgeber, einem studierten Theologen (der hat bestimmt einen Draht nach oben).

Am Ende hören Sie auf Ihre Intuition, Ihr Bauchgefühl. Das hat Sie noch nie betrogen. Sie fällen Ihre Entscheidung.

Da die Öffentlichkeit Wind von den Bedenken der Experten bekommen hat, begründen Sie Ihre Entscheidung, die Sie „vor Gott und der Welt nach bestem Wissen und Gewissen" gefällt haben, mit politischen Gründen.

Sie haben „politisch entschieden".

Im nächsten Schritt ist es häufig leider so, dass die Angelegenheit noch vom Bundestag abgesegnet werden muss.

Klar, dass die Oppositionsparteien Ihre Entscheidung in der Luft zerreißen: Der Untergang des Abendlandes steht unmittelbar bevor.

Das wirkliche Problem besteht darin, dass auch ein Teil der Abgeordneten Ihrer eigenen Partei der Sache ziemlich skeptisch gegenüber stehen. Es ist nun Ihre Aufgabe, diese zu überzeugen.

Beauftragen Sie eine der Partei nahestehende PR-Agentur mit dem Entwurf einer Anzeigenkampagne. Da diese dem Staatswohl dient, übernimmt die öffentliche Kasse alle Kosten.

Schwören Sie den Vorsitzenden und die anderen Spitzenleute Ihrer Partei auf eine bedingungslose Unterstützung Ihrer Linie ein. Natürlich ist jeder Abgeordnete nur seinem Gewissen unterworfen, aber schließlich wollen die Leute für die nächste Legislaturperiode
ja wieder aufgestellt werden.

Halten Sie vor der Abstimmung eine zündende Rede (die

müssen Sie ja nicht selber schreiben) und denken Sie daran, Applaus und nützliche Zwischenrufe zu organisieren.

Wenn es ganz schwirig wird und ein Teil der Bundestagsfraktion Ihrer eigenen Partei muckt auf, können Sie die von Ihnen gewünschte Sachentscheidung mit Ihrem eigenen Schicksal verbinden. Berufen Sie eine Fraktionssitzung ein und erklären Sie, dass Sie im Falle des Scheiterns möglicherweise „persönliche Konsequenzen ziehen" werden. Was genau diese Konsequenzen sind, sollten Sie nicht so genau ausbuchstabieren, aber das allgemeine Verständnis wird sein, dass Sie in diesem Falle zurück treten könnten.
Der Trick bei diesem Verfahren ist, dass die Abgeordneten jetzt über zwei Dinge gleichzeitig abstimmen müssen, nämlich über Ihren möglichen Rücktritt (für den sicher niemand verantwortlich sein möchte) und über die eigentliche Sachentscheidung, die durch diesen geschickten Schachzug in den Hintergrund gerückt wird: Es geht gar nicht mehr um die möglichen Konsequenzen dieser Entscheidung, es geht nur noch um Sie.

Und dann – Augen zu und durch.

5. Wie Sie Ihre Macht verteidigen.

5.1 Über den richtigen Umgang mit parteiinternen Kritikern

Da gibt es Parteifreunde, die Ihnen übel wollen? Die an ihrem Stuhl sägen?
Die hinter vorgehaltener Hand schlecht über Sie reden? Unwahrheiten über Sie verbreiten?
Die sich gar erdreisten, Ihre Politik zu kritisieren?

Parteiinterne Kritiker wollen immer nur eins: Ihren Posten.

Das ist eine Standardsituation für jeden Mächtigen, und es gibt eine Standardprozedur, um mit solchen Situationen umzugehen:
Jeder Mensch hat seine Fehler, wie Sie sehr wohl wissen, ist eitel, geldgierig oder lasterhaft (manchmal auch alles zugleich). Fast jeder Mitbürger hat irgend eine Leiche im Keller. Finden Sie sie.

Hat der Parteifreund XY vielleicht außereheliche Affären? Hat er eine Schwäche für sehr junge Mädchen? Oder hat er mal ein Bordell besucht?
Hat er mal Hasch geraucht oder gar härtere Drogen konsumiert? Oder mal bei den Abrechnungen für seine Dienstreisen betrogen? Hat er sich von einem Unternehmer mal zu einer Luxusreise einladen lassen?
Oder seinen Dienstwagen für eine private Reise benutzt?
Hat er (oder sie) den Doktortitel erschwindelt?
Das alles muss Sie nicht stören, solange er Ihnen treu dient. Sollte er sich aber erdreisten, Ihnen in den Rücken zu fallen, ist es an der Zeit, diese Dinge ans Tageslicht zu bringen.

Wie finden Sie dergleichen heraus?

Schaffen Sie sich ein Netzwerk von Ihnen ergebenen Anhängern, die Sie für ihre treuen Dienste belohnen. Lassen Sie sie wissen, dass eine wertvolle Information schon mal eine Beförderung oder ein Geldgeschenk wert ist.
Nutzen Sie die Dienste: Die sind von Haus aus auf das Sammeln von Informationen spezialisiert.
Sie fragen, ob diese Art der Beschäftigung der Dienste nicht vielleicht illegal ist?
Hallo, Sie sind der Kanzler, schon vergessen? Was legal und was illegal ist, bestimmen Sie ganz alleine.

Und wenn sich jemand darüber beschwert? Siehe weiter oben.

Und wie gehen Sie mit Ihren Gegnern dann um?
Bringen Sie deren Verfehlungen (sehr diskret, über Umwege und Mittelsmänner, und über Ihnen treu ergeben Medien) an die Öffentlichkeit.
Hat Ihr Gegner eine Firma? Schicken Sie ihm die Steuerfahndung auf den Hals. Die wird schon etwas finden.

Nun sind Ihre Kontrahenten öffentlich bloß gestellt. Sie treten zurück, geben ihr Mandat ab, werden eventuell sogar bestraft.

Mit einem Wort: Sie sind sie los.

Und wenn Sie an einen Kritiker geraten, der seiner Frau treu ist, dazu kreuzehrlich und dem man kein Laster nachweisen kann? Der noch nie bei einer Reisekostenrechnung betrogen hat? Der immer ehrlich seine Steuern zahlt? Solche schwierigen Leute mögen selten sein, aber in einem so großen Land wie Deutschland gibt es die merkwürdigsten Typen. Niemand schützt Sie davor, an einen solchen zu geraten.

Da gibt es nur eine Methode: Lassen Sie streuen, er sei geistesgestört.
Vielleicht gibt es in seiner Ahnentafel ja Fälle von Paranoia.
Oder Sie lassen ihm vorspiegeln, ihm hätte eine große Karriere ins Haus gestanden, aber durch eine gezielte Verleumdung sei ihm diese Chance zunichte gemacht worden. Und wenn er sich dann irgendwo darüber beschwert, hat er selber den Beweis erbracht, dass er nicht ganz richtig im Oberstübchen ist.

5.2 Über den richtigen Umgang mit den anderen Parteien

Die demokratischen Parteien spielen in unserem Staat eine wichtige Rolle. Gemäß Verfassung sollen sie die Willensbildung des Volkes berücksichtigen, denn alle Macht geht vom Volke aus. Aber weiß das Volk immer so genau, was seinem Besten dient? Und aus diesem Grunde haben die Parteien die Aufgabe übernommen, genau dieses dem Volke klar zu machen.

Die neben Ihrer eigenen Partei existierenden Parteien haben eine für Sie schädliche Funktion: Sie versuchen, mit nicht ernst gemeinten und unhaltbaren Versprechungen Ihrer eigenen Partei die Wähler abspenstig zu machen.

Diesen Versuchen müssen Sie entgegen treten.

Dazu benutzen Sie im Prinzip die im vorigen Kapitel beschriebene Methode zum Umgang mit Ihren Konkurrenten. Nehmen Sie die Spitzenleute der anderen Parteien unter die Lupe.
Hat einer von ihnen einen Fehler gemacht? Ist er auf irgend eine Weise vom rechten Wege abgekommen? Frönt er einem geheimen Laster? Untersuchen Sie die Angelegenheit sehr sorgfältig (mit den weiter oben beschriebenen Hilfsmitteln).
Aber hier ist Vorsicht geboten. Auch die andere Partei verfügt über Machtmittel. Wenn Ihnen hier ein Fehler unterläuft, schlägt die Sache voll auf Sie zurück.
Und wenn Sie alle meine guten Ratschläge beherzigen, können

Sie vielleicht einmal auf eine Regierungszeit von drei bis vier Legislaturperioden zurück blicken.

Frohes Schaffen. Und regieren Sie schön.

Der Autor

Die nächste Reform

Liebe Leser, Sie haben als wohl informierte Bürger sicherlich den Medien entnommen, dass vor einiger Zeit die öffentlichen Arbeitgeber zu ihrer grenzenlosen Überraschung feststellen mussten, dass es viel zu viele Beamte gibt. Es ist über dem politischen Tagesgeschäft niemand so recht dazu gekommen, daran zu denken, Geldmittel für die diesem Personenkreis nun einmal zugesagten Pensionen zurückzulegen, so dass nun, nach der Erfindung des Haushaltsloches, auf die öffentlichen Haushalte unübersehbare Belastungen zukommen. Angesichts dieser schwierigen Situation wird zur Zeit auf allen politischen Ebenen fieberhaft nach Lösungen für dieses Problem gesucht.

Einen Teil dieser Pensionäre samt der damit verbundenen finanziellen Verpflichtungen konnte man dadurch loswerden, dass die entsprechenden Behörden einfach zu Firmen erklärt wurden. So wurde die ehemalige Deutsche Bundespost in Geld verdienende Firmen umgewandelt; diese Firmen sind nun für die Versorgung der Postbeamten verantwortlich.

Leider ist dieses Konzept nicht auf alle noch vorhandenen Behörden anwendbar. Welche Firma würde zum Beispiel ein Rathaus übernehmen? Im Gegensatz zur Bundespost produzieren die dort beschäftigten Beamten nur Verwaltung. Immerhin kann man die Bürger für diese Verwaltungsakte zahlen lassen; so soll zum Beispiel ein Reisepass künftig bis 113.- € kosten.

Irgend einem pfiffigen Politiker ist aufgefallen, dass auch die Polizei etwas produziert - nämlich Sicherheit. Und wo etwas produziert wird, so sein Gedankengang, kann sich der Staat das Produkt von den Bürgern, für die es schließlich gemacht wird, auch bezahlen lassen.

Durch unsere guten Kontakte zur Politik sind wir in der Lage, Ihnen Details über ein noch vertrauliches Konzept mitzuteilen, welches momentan von der Konferenz der

Innenminister der Länder (KdMIBL) beraten wird. Dieses revolutionäre Konzept wird unter der einprägsamen Bezeichnung "Security Pricing" geführt. Man hätte sich vielleicht auch eine deutsche Bezeichnung dafür ausdenken können, etwa "Entgeltordnung für die von den Sicherheitsbehörden der Länder und Kommunen produzierten Dienstleistungen." Es liegt aber auf der Hand, dass "Security Pricing" viel prägnanter ist und - auch weil es in Englisch ist - viel besser verstanden wird als irgend ein von Bürokratenhirnen ersonnener länglicher Arbeitstitel in deutscher Sprache.

Ausgangspunkt war die naheliegende Überlegung, dass es angesichts der Ebbe in den öffentlichen Kassen nicht mehr angängig ist, Sicherheitsleistungen gewissermaßen zum Nulltarif anzubieten. Ebenso wie jetzt schon die Wasserversorgung und die Müllabfuhr werden künftig auch die Serviceleistungen der Polizei ihren Preis haben.

Basis des "Security Pricing"-Konzeptes ist die Überlegung, dass die Dienstleistungen der Polizei für Einzelpersonen nur noch gegen Entgelt zur Verfügung stehen werden. Grundlage jeglicher polizeilicher Tätigkeit für den einzelnen Bürger wird künftig ein zwischen der Polizei und dem Bürger als Vertragsparteien abzuschließender Dienstleistungsvertrag sein. Ausgenommen von dieser Regel werden nur die radargestützten polizeilichen Geschwindigkeitskontrollen des Kraftfahrzeugverkehrs sein, welche weiterhin kostenlos angeboten werden.

Mit dem Abschluss dieses Dienstleistungsvertrages erkennt der Kunde die Allgemeinen Geschäftsbedingungen der Polizei an. Diese sehen zum Beispiel vor, dass kein Anspruch auf Schadensersatz gegen die Polizei etwa wegen verspäteter oder unterbliebener Hilfeleistung besteht.

Jede Polizeistation wird künftig als "Cost Center" geführt. Das bedeutet, dass sie ihre Kosten aus den eingenommenen Gebühren abdecken muss. Ist sie dazu nicht in der Lage, muss über Rationalisierungsmaßnahmen bis hin zur Schließung der Polizeiwache nachgedacht werden.

Es sind zwei verschiedene Beitragsstufen vorgesehen. Wird die niedrigere Beitragsklasse gewählt, so steht naturgemäß nur ein eingeschränkter Service zur Verfügung. Die Polizei würde zum Beispiel bei einem Einbruch nicht eingreifen, sie wäre nach vollzogener Tat aber bereit, ein Protokoll aufzunehmen, welches dann die Grundlage für die notwendige Auseinandersetzung mit der Hausratsversicherung bildete. Die höhere Beitragsklasse würde den vollen Sicherheitsservice gewährleisten. Dazu würde im obigen Fall auch der Einsatz eines Streifenwagens (je nach Verfügbarkeit und Auslastung der Polizeikräfte) gehören.

Angenommen, ein Bürger wünscht polizeiliche Hilfe zu erlangen, weil mitten in der Nacht ein schwerer Junge versucht, in seine Wohnung einzubrechen. Er würde dann entsprechend dem "Security Pricing" - Konzept zusätzlich zur bekannten Telefon - Notrufnummer seine acht-stellige Kundennummer wählen. Da die gesamte Ziffernfolge von modernen Telefonen gespeichert werden kann, ist damit im Gefahrenfalle kein Zeitverlust verbunden. Durch die Wahl der ersten drei Ziffern "110" würde der Kunde mit dem Computer der für ihn zuständigen Polizeistation verbunden. Dieser überprüft blitzschnell anhand der eingegebenen Kundennummer, ob ein Dienstleistungs-Vertragsverhältnis existiert, welche Beitragsstufe abgeschlossen wurde und ob die laufenden Beträge bezahlt sind. Ist das der Fall, so schaltet der Computer den Anrufer sofort zum Einsatzplatz durch. Weist das Kundenkonto dagegen einen Beitragsrückstand auf oder existiert gar kein Vertragsverhältnis, so schaltet der Computer dem Kunden folgende Ansage:

"Sehr geehrter Anrufer, es wurde eine Unregelmäßigkeit in Ihrem Dienstleistungsvertrag festgestellt. Die Polizei sieht sich aus diesem Grund leider durch geltendes Recht gehindert, Ihnen helfen zu können. Wir bitten um ihr Verständnis und raten zu einer Überprüfung Ihres Vertragsverhältnisses. Setzen Sie sich gleich morgen mit unserer Kundendienstabteilung in Verbindung. Diese ist an Werktagen von 9 bis 15 Uhr erreichbar unter der Nummer....

Wir wünschen Ihnen alles Gute".

Ich wünsche Ihnen alles Gute.

Segensreich ist oft die Planung
oder
Der Zweite Punische Krieg findet nicht statt.

Ein Märchen

Ich möchte Sie, verehrte Leser, einladen, sich in Gedanken in das Jahr 218 v. Chr. Zurück zu versetzen. Es ist die Zeit der Auseinandersetzungen zwischen Rom und Karthago. Der **zweite Punische Krieg** steht nach Geschichtsbuch, Seite 176, vor der Tür. Wie Sie sicher wissen, überraschte Hannibal in diesem Kriege die Römer, indem er mit etwa fünfzig Kriegselefanten über die Alpen zog und sie kalt von Norden her erwischte. Wir wollen uns nun vorstellen, die Karthager besäßen bereits eine funktionsfähige, nach modernen Prinzipien organisierte Verwaltung, wie sie etwa in unserem Vaterland segensreich wirkt (zum Beispiel in **BER**lin). Nehmen wir weiter an, diese Bürokratie verfüge über ein formal hochentwickeltes, intelligentes System zur Erleichterung von Entscheidungsvorgängen. Nun fügen wir eine kleine Prise menschlicher Unzulänglichkeit hinzu. Schließlich wird noch eine gut bemessene Portion von des Geschickes Mächten (mit denen bekanntlich kein ewiger Bund zu flechten ist), benötigt. Das Ganze wird gut umgerührt. Warten wir ab, was weiter geschieht.

Iberische Armee
      Cartagena, 4. April 218 v. Chr.
Der Oberbefehlshaber

Ministerium für
Nationale Verteidigung
1000 Karthago

Betr.: 2. Punischer Krieg

Nachdem die letzte Sendung Kriegselefanten hier in

gutem Zustand angetroffen ist, sind die Vorbereitungen für den von uns geplanten Angriff auf Rum zum Abschluss gelang. Die Armee ist auf Sollstärke gebracht worden. Alle Voraussetzungen für einen Angriff sind zur Zeit in optimaler Weise erfüllt.
Wir beabsichtigen, Rom von Norden her über die Alpenroute anzugreifen. Da nach unseren Informationen unser Angriff im Süden des Römischen Reiches erwartet wird, versprechen wir uns von dieser Strategie einen möglicherweise kriegsentscheidenden Überraschungseffekt.
Jahreszeitlich gesehen wäre der günstigste Zeitpunkt für den Beginn des Feldzuges der 1. Juni d. J.

Es wird daher beantragt, unser Vorhaben schnell zu genehmigen

Hannibal

Nach bereits fünf Wochen traf die Antwort ein (den Reiterstafetten
hingen die Zungen aus den Hälsen)

Ministerium für　　　　　　1 Karthago, 21. 4. 218 v. Chr.
Nationale Verteidigung

An den
Oberbefehlshaber
der Iberischen Armee
o. V. i. A.

2. Punischer Krieg, Ihr Schreiben vom 4. 4. 218 v. Chr.

Zu Ihrem o. a. Schreiben teile ich Ihnen mit:
Gemäß Geschäftsordnung des Ministeriums für Nationale Verteidigung (GONatMVg) sind Vorhaben, die voraussichtlich einen personellen Aufwand von 300

Mannjahren übersteigen werden, nach den "Grundsätzen über die Standardisierung von Entscheidungsvorgängen"(GStEVg) zu dokumentieren. Ich erwarte umgehend Ihren Bericht. Ein Exemplar der GstEVg ist beigefügt.

Im Auftrag
Narsibal

Ohne Zweifel war Hannibal nach Lektüre dieses Schreibens "schlecht motiviert", wie wir heute sagen würden. Aber was hilft es, ohne GStEVg kein Feldzug, man ist schließlich Soldat, Ordnung muss sein. Also, her mit den Formblättern. Dummerweise hatte das Ministerium versäumt, diese seinem Schreiben beizufügen, so dass Hannibal reitende Boten losschicken musste. Leider ging die Sendung auf dem Seewege verloren, da das karthagische Schiff von illyrischen Seeräubern gekapert wurde. Nach Ablauf eines halben Jahres wurde Hannibal unruhig und entsandte einen weiteren Botentrupp. Rechtzeitig zu Winteranfang standen die Formblätter zur Verfügung. Zeit zum Ausfüllen war reichlich vorhanden, da die Alpenpässe wegen der winterlichen Wetterbedingungen gesperrt waren.
Unglücklicherweise waren in der Zwischenzeit von den fünfzig Kampfelefanten siebenunddreißig an einer rätselhaften Seuche (vermutlich handelte es sich um die Elefantiasis) eingegangen.
Da diese gewissermaßen von der Natur gepanzerten Riesen eine wichtige Rolle in Hannibals Taktik spielten, musste sofort Ersatz beantragt werden.

Ministerium für
Nationale Verteidigung
Cartagena, 27. März 217 v.Chr.

Iberische Armee
Der Oberbefehlshaber

1000 Karthago

2. Punischer Krieg

Anliegend übersenden wir das gem. GStEVg dokumentierte Vorhaben "2. Punischer Krieg, Angriff auf Rom". Einzelheiten bitten wir den Anlagen zu entnehmen. Im Hinblick auf die bereits wieder fortgeschrittene Jahreszeit erbitten wir eine eilige Entscheidung.

Wir teilen ihnen noch den Verlust von siebenunddreißig unserer Kampfelefanten durch Krankheit mit und beantragen eine sofortige Ersatzlieferung.

in Vertretung
Hasdrubal

11 Anlagen

(Die Schriftleitung bittet um Verständnis, dass aus Platzgründen hier leider keine der Anlagen abgedruckt werden kann.)

Diesmal ließ die Antwort etwas länger auf sich warten. Das ist nicht überraschend, wenn man bedenkt, wie viele Anlagen auszuwerten waren.

Der Armee tat freilich die Wartezeit nicht gut. Die Soldaten lagen auf der Bärenhaut, sprachen dem guten iberischen Wein zu und betätigten sich auf bevölkerungspolitisch nützliche Weise. Alles das schadete ihrer Kondition. Da man die Truppe nicht dauernd mit Gammeldienst und Griffekloppen beschäftigen konnte, ordnete Hannibal den Einsatz der Soldaten zur Entwässerung der riesigen Sümpfe rund um Cartagena an. So blieben sie, gestählt durch die harte körperliche Arbeit, in guter Form. Außerdem fiel, quasi als Nebenprodukt, gutes Ackerland dabei an.

Endlich, nach fast einem Dreivierteljahr, traf das Antwortschreiben ein:

1000 Karthago, 25, 12. 217 v. Chr.

Ministerium für
Nationale Verteidigung

An den
Oberbefehlsheber der
Iberischen Armee

2. Punischer Krieg, ihr Antrag vom 27. 3. 217 v. Chr.

Über ihren Antrag konnte leider noch nicht entschieden werden.
In der von Ihnen vorgelegten Entscheidungsübersicht (Anlage 1 zu Ihrem Schreiben) ist für die Alternative B zur Durchführung des Feldzuges (Angriff des Römischen Reiches über See, Transport der Armee mittels Schiffen) der höchste Gesamtnutzwert ausgeworfen, obwohl diese Alternative in der Praxis nicht durchführbar ist, da Sie weder über ausreichenden Schiffsraum noch über genügend nautisch/seemännisch ausgebildetes Personal verfügen. Die hohe Bewertung für die Alternative B ergibt sich aus dem Schwierigkeitsgrad einer Alpenüberquerung (Alternative A).
Gemäß GStEVg 17 Abs 1 Satz 5 ist es jedoch unzulässig, die Alternative mit dem zweit höchsten Gesamtnutzwert auszuwählen und zur Durchführung vorzusehen.
Aus diesem Grunde bitte ich, die Gewichtungen der Beurteilungsgrößen zu überprüfen und uns die überarbeitete Anlage 1 erneut vorzulegen.
Frist: 5 Wochen nach Eingang der Verfügung bei ihnen.

Vergleichende Wirtschaftlichkeitsuntersuchungen haben ergeben, dass der Ersatz von Elefanten für Kriegszwecke wirtschaftlich nicht mehr vertreten werden kann, da die Betriebskosten von Pferden (bezogen auf den gleichen Gesamtnutzwert) nur bei 27 % der Betriebskosten von Elefanten liegen. Aus diesem Grunde kann ihrem Antrag auf Lieferung von

Kampfelefanten nicht entsprochen werden.
Ich stelle anheim, ersatzweise eine größere Anzahl von Pferden zu beschaffen. Entsprechende Mittel bei Titel 4222 habe ich vorsorglich gebunden.
Die bei ihnen noch vorhandenen Bestände an Elefanten sind bestimmungsgemäß zu verbrauchen.

Im Auftrag

Narsibal

Hannibal erlitt nach Lektüre dieses Schreibens fast einen Tobsuchtsanfall. Er wünschte das gesamte NatMVg ins Pfefferland. Man muss das verstehen. Es ist den ausführenden Organen nicht immer gegeben, die Dinge in der Gesamtschau zu sehen. Gerechterweise muss man jedoch zugeben, dass er durch den bisher erfolgten Aufschub des Feldzuges mit großen Schwierigkeiten zu kämpfen hatte. Die Fraternisierungsbemühungen der punischen Soldaten waren nicht ohne Konsequenzen geblieben; viele von ihnen hatten sich iberische Frauen genommen und Familien gegründet. Ist ein Soldat aber erst einmal Familienvater, so ist es häufig um sein Kämpferherz geschehen. Aber was sollte Hannibal dagegen unternehmen? Den Soldaten verbieten, ihre Mädchen zu heiraten? in diesem Falle wären sie einfach desertiert. Also machte er das Beste aus der Situation, übereignete jedem Familienvater ein Stück des durch Entwässerung der großen Sümpfe gewonnenen Ackerlandes und vergaß auch nicht, in die Übereignungsurkunden eine Verpflichtung auf den Armeedienst aufzunehmen. Um ein übriges zu tun, schuf er noch eine Landwirtschaftsschule, in der die sesshaft gewordenen Söldner in Ackerbau und Viehzucht unterwiesen wurden.

An all dem erkennt man, dass Hannibal ein Tatmensch (wir würden heute sagen: ein "Macher") war, und dass keine GStEVg einen solchen an seiner Entfaltung hindern kann.

Dass für die verendeten Elefanten kein Ersatz zu bekommen war,
kam einer Katastrophe gleich. Als Hannibal dem Hauptmann der Elefantenspezialeinheit ESE 9, einem gewissen Himilko, sein Leid klagte, meinte dieser, man könne es ja einmal mit der Aufzucht von Elefanten versuchen, da bei den übriggebliebenen dreizehn Tieren auch einige junge Weibchen seien. Hannibal hatte nichts dagegen, gab aber der ganzen Sache keine großen Erfolgsaussichten, da die Aufzucht und Ausbildung von Elefanten doch erheblich mehr Zeit erfordert, als bis zum Beginn des Feldzuges zur Verfügung stehen würde.

Die Planung des Zweiten Punischen Krieges kam zwar langsam, aber sicher voran (Sie kennen das von entsprechenden Projekten, zum Beispiel in Berlin oder in Hamburg). Gewisse Verzögerungen wurden durch einen Kompetenzstreit im NatMVg verursacht, als sich zwei Referate nicht über die Federführung des das Vorhaben betreffenden Schriftwechsels einigen konnten. Als nach einigen Jahren diese Frage geklärt war, wurden die zur Dokumentation von Vorhaben benötigten Formblätter bedeutend verbessert. Dadurch wurde die Transparenz der Darstellung entscheidungsrelevanter Kriterien wesentlich erhöht. Leider wurde dadurch eine Neuvorlage des Projektes unumgänglich.
Eines Tages fand Hannibal (seine Schläfen wurden langsam grau) in seinem Eingangskorb folgendes Schreiben vor:

S P Q R
Senat und Volk von Rom
Art für zentrale Beschaffung

Rom, 7. Augustus 209 v. Chr.

An den Oberbefehlshaber
der Iberischen Armee

Exzellenz,

unsere Ständige Vertretung in Sagunt hat uns zur Kenntnis gebracht, dass Sie in der Aufzucht und Ausbildung von Kriegs- und Arbeitselefanten bedeutende Erfolge erzielt haben. Nach unseren Informationen sind die Tiere universell einsetzbar, wartungsarm und kostengünstig.
Wir beabsichtigen, einen Betriebsversuch mit einigen Exemplaren durchzuführen und bitten Sie deshalb um Übersendung eines Angebotes über Lieferung von 4 (vier) ausgebildeten Jungtieren. Bei erfolgreichem Abschluss desselben können wir Ihnen einen größeren Auftrag in Aussicht stellen.
Gestatten Sie, Exzellenz, den Ausdruck unserer vorzüglichen Hochachtung.

C. Flaminius

Hannibal stampfte ärgerlich mit dem Fuß auf und wollte das Schreiben zerreißen; einem plötzlichen Impuls folgend, legte er es jedoch in den Eingangskorb zurück.

Am nächsten Morgen war großes Geschrei im Feldlager. Die Numidier waren über Nacht fortgezogen. Hannibal fand einen an ihn gerichteten Brief vor:

Verzeih mir, Feldherr! Wir müssen dringend nach Hause, der alte Erbfeind bedroht wieder unsere Grenzen. Ich dachte, dies würde ein kurzer Feldzug werden.
Viel Glück!

Maharbal

An diesem Abend betrank sich Hannibal fürchterlich. Als er am nächsten Tag (die Sonne stand schon hoch am Himmel) aus seinem Rausch erwachte, ordnete er an, den Römern ein vorteilhaftes Angebot über die Lieferung vier junger Universalelefanten zu unterbreiten.

Wieder gingen einige Jahre ins Land. Aus den

ehemaligen Sümpfen rund um Cartagena war ein blühender Garten geworden, der ständig wachsende Überschüsse an Agrarerzeugnissen aller Art hervorbrachte. Ein weiteres beschäftigungstherapeutisch motiviertes Arbeitsbeschaffungsprogramm hatte zur Auffindung eines neuen, bedeutenden Silbervorkommens geführt. Eines Tages traf folgendes Schreiben ein:

1 Karthago, 11. 2. 206 v. Chr.

Ministerium für
Nationale Verteidigung

An den
Oberbefehlshaber
der Iberischen Armee o.V.i.A.

2. Punischer Krieg, Ihr Antrag v. 4. 4. 218 v. Chr.

Nach Prüfung aller Unterlagen gebe ich ihrem o. a. Antrag statt und ordne sofortigen Vollzug an. Über den Verlauf des Unternehmens bitte ich mich ständig unterrichtet zu halten. Mit den besten Wünschen für einen erfolgreichen Verlauf

Karthalo

Man las das Schreiben verständnislos und legte es kopfschüttelnd beiseite, da man zur Zeit ganz andere Sorgen hatte. Hannibal der Erste, König des jungen, aufblühenden Staates Neu Karthago, Vater des Vaterlandes, war bei einem Ritt auf einem Universalelefanten unglücklich von demselben gestürzt und hatte sich das Genick gebrochen. Man rüstete zum Staatsbegräbnis. Das befreundete Rom hatte dazu eine vielköpfige Delegation entsandt; sie wurde von einem gewissen Scipio (nein, er führte **nicht** den Beinamen "Africanus") geleitet. Man erwartete allgemein, dass Scipio bei Hasdrubal, dem Nachfolger Hannibals, wegen einer Erhöhung der Weizenexporte vor fühlen würde. Es war auch die Rede vom Abschluss eines Freundschafts- und Beistandspaktes.

Hier soll nun mein Märchen vom Zweiten Punischen Krieg, der nicht stattfand, enden, sonst schreibe ich am Ende noch die gesamte Historie um.

Was, so werden Sie sich fragen, ist nun die Moral dieser Geschichte?
Worauf ist der unerwartete Ablauf der Ereignisse, die wir vom Geschichtsbuch her ja ganz anders in Erinnerung haben, zurückzuführen? Ist der Grund dafür in den beteiligten Menschen mit all ihren Unzulänglichkeiten und Schwächen zu suchen? Ist der Gang der Dinge vielleicht behördentypisch oder liegt gewissermaßen höhere Gewalt vor? Zeigt sich auf diese Weise der (in diesem Falle segensreiche) Einfluss der Planung?

Ehrlich gesagt, ich weiß es selber nicht. Ohne Zweifel sind mehrere Antworten möglich und in jeder steckt sicher ein Körnchen Wahrheit. Darum bitte ich Sie, nach Ihrer eigenen Antwort zu suchen.

Es wird das Beste sein, Sie erstellen zu diesem Zweck erst einmal einen Aufgabenerfüllungsplan und eine To-Do-Liste.

**Ein Vortrag, gehalten auf dem
Psychologenkongress in H.
im Sommer 2037**

Liebe Kolleginnen, liebe Kollegen, verehrte Anwesende,

mein heutiger Vortrag befasst sich mit einer Gattung Mensch, die heutzutage als Berufsstand in Deutschland fast ausgestorben ist: dem Beamten.

Der Beamte war zu früheren Zeiten das, was heute die im öffentlichen Dienst beschäftigten Angestellten sind. Von diesen unterschied er sich weniger durch seine Aufgaben als durch seinen rechtlichen Status. Aber nicht von diesem soll heute die Rede sein, sondern von den psychologischen Besonderheiten, welche das Beamtendasein mit sich brachte.

In diesem Zusammenhang ist es mir ein Bedürfnis, dem Bundesministerium für Forschung und Psychologie meinen Dank auszusprechen. Die erwähnte Behörde hat meine Arbeiten über diese interessante Thema durch die großzügige Dotierung eines entsprechenden Forschungsauftrages erst möglich gemacht. Der Zeitpunkt für diesen Auftrag war gut gewählt: Noch gibt es genügend im Ruhestand befindliche, geistig hinreichend vitale Exemplare dieser aussterbenden Gattung Mensch, um fundierte Forschungen zu ermöglichen und durch Berücksichtigung einer entsprechenden Anzahl von Exemplaren zu repräsentativen Aussagen zu gelangen.

Grundsätzlich betrachtet unterscheidet sich der typische Beamte nicht von der übrigen Menschheit. Dies ist nicht überraschend, kommt er doch als völlig normaler Mensch zur Welt. Entsprechende Veränderungen des Erbgutes bei Menschen, die in der dritten oder vierten Generation Beamte waren, konnten nicht festgestellt werden. Daraus lässt sich herleiten, dass eventuell festgestellte Eigentümlichkeiten nicht angeboren, sondern durch berufstypische

Umweltbedingungen erst nachträglich erworben sein müssten.

Welches waren nun diese für den Beamtenstand spezifischen Besonderheiten ? Wir müssen hier verschiedene Komplexe unterscheiden.

Einer war die Existenz einer besonders ausgeprägten Hierarchie. Diese stellte sich als eine stark auf das Prinzip von Befehl und Gehorsam ausgerichtete Organisations- und Personalstruktur dar. Es gab mehrere Organisationsstufen unterschiedlicher Wertigkeit, wobei die höhere Organisationseinheit der niedrigeren Anweisungen erteilen durfte. Das gleiche Schema wiederholte sich innerhalb einer Organisationseinheit: Es existierten mehrere Personalebenen, wobei die jeweils höhere befugt war, die darunterliegenden Ebene anzuweisen. Viele Beamte hatten dieses System stark verinnerlicht: Es war systemtypisch, dass ein Beamter nur mit Beamten kommunizierte, die entweder eine Ebene über oder unter ihm angesiedelt waren. Es galt als unschicklich, von dieser Regel abzuweichen und etwa mit einem Beamten zu sprechen, der zwei Ebenen unter einem stand. Ein Grund dafür war, dass dann der Beamte auf der Ebene dazwischen beleidigt wäre, weil man ihn übergangen hätte. Vielleicht gab es auch noch andere Gründe.

Weiterhin galt, dass diese Arbeitskräfte nach Bestehen der obligaten Prüfungen und dem Ableisten einer Probezeit auf Lebenszeit angestellt wurden.

Es gab vier verschiedene Laufbahnen, den einfachen, mittleren, gehobenen und höheren Dienst. Die Eingliederung in diese Laufbahnen richtete sich nach der Ausbildung.
Zum Einstieg in den höheren Dienst qualifizierte man sich nur durch ein abgeschlossenes Studium. Die Angehörigen dieser Laufbahn hatten gewissermaßen „den Marschallstab im Tornister." Waren sie Mitglied in einer politischen Partei, konnten sie es bis in höchste

Positionen schaffen. Hatten sie dieses Niveau erst einmal erreicht, genossen sie eine fast unbegrenzte Freiheit.
Für den gehobenen Dienst wurden beispielsweise Ingenieure zugelassen, die ihr Studium auf einer Fachhochschule abgeschlossen hatten.
Zwischen beiden Laufbahnen herrschte ein eigentümliches Spannungsverhältnis. Ein Teil der Angehörigen des höheren Dienstes hing nun dem Glauben an, dass es keine Fachkenntnisse brauchte, im sich als Manager zu qualifizieren. Gesunder Menschenverstand und „Managementfähigkeit", wie immer das nun genau definiert wurde, reichten ihrer Ansicht nach völlig aus, um die unter ihnen arbeitenden Ingenieure anzuweisen. Sie lehnten es daher ab, sich tiefer mit der in ihrem Bereich bearbeiteten Materie zu beschäftigen. Da die „große Linie", die sie bestimmen wollten, aber häufig durch viele Details definiert wird, waren die fachkundigen Ingenieure die wahren Herrscher in ihren Bereichen und ihre Vorgesetzten wurden zu bloßen Unterschriftsleistern degradiert. Es wurde gehämt, dass diese „Manager" bloß ihren Namen und das aktuelle Datum kennen mussten, um imstande zu sein, ihre Unterschrift korrekt zu leisten.

Die eigentliche Arbeit wurde meist in niedrig angesiedelten Organisationseinheiten von hierarchiemäßig tiefer angesiedeltem Personal erledigt. Es war nun typisch für die Denkweise der höher in der Rangordnung angesiedelten Führungskräfte, dass sie von einem abgrundtiefen Misstrauen bezüglich der Leistungsbereitschaft der unteren Ebenen erfüllt waren (siehe hierzu weiter unten). Da man die dort Schaffenden nicht gut selber fragen konnte, was da eigentlich genau geschah, wurden komplizierte Mechanismen ausgedacht, um die notwendigen Informationen über den Stand der Arbeitserledigung von unten nach oben zu befördern. Eine damals beliebte Methode der Kontrolle bestand darin, die Kontrollierten Formulare ausfüllen zu lassen, welche in verdichteter Form Auskunft über die von ihnen geleistete Arbeit geben sollte. Dies funktionierte um so

schlechter, je komplexer die zu kontrollierende Arbeit war. Da es den Kontrollierten oblag, diese sie kontrollierenden Daten zusammenzustellen, war auch der Manipulation Tür und Tor geöffnet.
Da also diese Art der Kontrolle nicht die gewünschten Ergebnisse brachte, ersannen die Kontrolleure noch eine andere Methode: Es wurden Dienststellen erfunden, deren einzige Aufgabe es war, herauszufinden, was wo und mit welchem Wirkungsgrad gearbeitet wurde. Aber auch dies Verfahren war nur mäßig erfolgreich, denn es ist fast unmöglich, eine Arbeit zu kontrollieren, von der man selber fast nichts versteht.

Auf den naheliegenden Gedanken, die damals stark überbesetzten Geheimdienste mit diesem Problem zu befassen, kam merkwürdigerweise niemand. So geschah es gelegentlich, dass einer der hohen Herren von den Arbeitsergebnissen seiner Untergebenen sehr überrascht wurde und sein Erstaunen etwa mit den Worten "Ich glaube, mich tritt ein Pferd" kund tat.

Die Beamten galten im allgemeinen als wenig arbeitswillig. Der Volksmund hatte dafür einschlägige Sprüche und Witze bereit. Um diesen Punkt aufzuklären, wurden zahlreiche Tiefeninterviews geführt. Es ergab sich ein einigermaßen differenziertes Bild:
Die beamtische Personalführung war nicht auf Leistungsanreize ausgelegt. Die Höhergruppierungen (man nannte sie „Beförderungen") waren an die Länge der Dienstzeit der Beamten gekoppelt. Erreichte man ein bestimmtes Dienstalter, erfolgte die Beförderung quasi automatisch, es sei denn, der betreffende Kandidat war dumm aufgefallen oder lag mit seinen Vorgesetzten über Kreuz. Im höheren Dienst galt z.B. der Spruch „kommt Zeit, kommt Rat, kommt mehr Zeit, kommt Ober-Rat." Unter diesen Umständen ist es menschlich verständlich, dass die auf Lebenszeit angestellten Beamten sich kein Bein aus rissen.
Die politischen Parteien waren in den Behörden aktiv, um sich Einfluss auf deren Arbeit zu verschaffen. Ein sicherer Weg für Beamte, schnell weiter zu kommen,

bestand darin, in eine große politische Partei einzutreten und sich dort als Aktivist einen Namen zu machen.

Es gab aber nun einzelne Individualisten, die einfach nur ihre Arbeit liebten und die zum Teil auch bemerkenswerte Ergebnisse erzielten. Diese Individuen wurden von ihren Vorgesetzten und Kollegen mit Misstrauen beobachtet, fürchtete man doch, diese wollten sich auf Kosten der Allgemeinheit am System vorbei einen unfairen Vorteil verschaffen waren doch aus Kostengründen die Beförderungsposten dünn gesät. So erfand man allerlei Techniken, diese Einzelgänger auszubremsen. Die Vorgesetzten ordneten zum Beispiel an, die betreffenden Arbeiten seien unverzüglich einzustellen. Oder die konkurrierenden Kollegen verbreiteten nachteilige Gerüchte über diese Hyperaktiven, zum Beispiel über angebliche Verhältnisse, die sie mit untergeordneten Kräften hätten

Eine sehr merkwürdige beamtische Denkgewohnheit bestand darin, dass irgendwelche Umstände durch Anordnung einer höheren Hierarchiestufe für verbindlich erklärt wurden, die völlig offensichtlich im Gegensatz zur Realität oder den logischen Denkgesetzen standen.
Um ihre Arbeit frei von Beanstandungen durchführen zu können, mussten die Beamten daher die real existierende Realität ignorieren und von der verordneten Scheinrealität ausgehen. Dies fiel einem Beamten um so schwerer, je weniger intelligent er war. Ein gutes Beispiel hierfür ist eine Anordnung aus dem Jahre 1993, welche die Entschädigung für auf Dienstreisen entstandenen Auslagen für Beamte regelte. Um an Reisekosten zu sparen, wurde bestimmt, dass die Staaten des westeuropäischen Auslandes Inland seien, weil die Kosten für Inlandsreisen niedriger angesetzt wurden. Ein Gesetz regelte zur gleichen Zeit, dass ein deutscher Beamter nur in Deutschland, nicht aber im Ausland, seinen ständigen Wohnsitz haben dürfe. So hatte ein Staat wie z.B. Frankreich für einen Beamten gleichzeitig Inland und Ausland zu sein.

Manche Beamten mussten sehr lange üben, bis sie diese zweigleisige Denkweise sicher beherrschten.

Hierzu kann ich über einen sehr interessanten Fall berichten:
Ein Beamter (nennen wir ihn D.), der schlichteren Gemütes war, hatte mit diesem Prinzip ziemliche Schwierigkeiten. Erschwerend kam noch hinzu, dass er sehr hierarchiegläubig war. Eines Tages wurde er von seinem Vorgesetzten mit einer bestimmten Aussage konfrontiert. Wenig später machte ein hoher Beamter aus dem für D. zuständigen Ministerium, der einer anderen politischen Partei als der erwähnte Vorgesetzte an hing, B. gegenüber eine Aussage genau umgekehrten Inhaltes. D., dem es nicht gegeben war, durch einen eigenen Denkprozess zu einem selbständigen Urteil über diese Situation zu kommen, versuchte zunächst, die beiden Aussagen miteinander in Übereinstimmung zu bringen. Dies misslang jedoch, da sie inhaltlich völlig konträr zueinander waren. Nun ereignete sich etwas, was wir eine Rationalisation nennen: D. versuchte, für diese verwirrende Situation eine logische Erklärung zu finden. Er redete sich schließlich ein, dass zwei verschiedene Paralleluniversen existierten und er, ohne es zu merken, im Laufe des Tages mehrfach vom einen in das andere wechselte. Seine Arbeitsleistung fing an, abzunehmen. Er wurde zum Sonderling, der sich gegenüber der Umwelt zunehmend abkapselte. Verehrte Kolleginnen und Kollegen, ich bin sicher, Sie erkennen die Symptome: Der bedauernswerte D. wurde vom

Amtsarzt arbeitsunfähig geschrieben und musste wegen paranoider Schizophrenie schließlich in eine geschlossene Anstalt eingewiesen werden.

   Ich danke für Ihre Aufmerksamkeit

Die Wahrheit über John Maynard

John Maynard!
  "Wer ist John Maynard?"

"John Maynard war unser Steuermann,
Aushielt er, bis er das Ufer gewann,
Er hat uns gerettet, er trägt die Kron,
Er starb für uns, unsere Liebe sein Lohn.
  John Maynard."

Die "Schwalbe" fliegt über den Eriesee,
Gischt schäumt um den Bug wie Flocken
  von Schnee;
Von Detroit fliegt sie nach Buffalo-
Die Herzen aber sind frei und froh,
Und die Passagiere mit Kindern und Fraun
Im Dämmerlicht schon das Ufer schaun,
Und plaudernd an John Maynard heran
Tritt alles: "Wie weit noch, Steuermann?"
Der schaut nach vorn und schaut in die
  Rund:
"Noch dreißig Minuten... Halbe Stund."
Alle Herzen sind froh, alle Herzen sind frei-
Da klingt's aus dem Schiffsraum her wie
  ein Schrei,
"Feuer!" war es, was da klang,
Ein Qualm aus Kajüt und Luke drang,
Ein Qualm, dann Flammen lichterloh,
Und noch zwanzig Minuten bis Buffalo.

Und die Passagiere, buntgemengt,
Am Bugspriet stehen sie
  zusammengedrängt,
Am Bugspriet vorn ist noch Luft und Licht,
Am Steuer aber lagert sich's dicht,
Und ein Jammern wird laut: "Wo sind wir?
  wo?"
Und noch fünfzehn Minuten bis Buffalo.-

Der Zugwind wächst, doch die Qualmwolke

steht,
Der Kapitän nach dem Steuer späht,
Er sieht nicht mehr seinen Steuermann,
Aber durchs Sprachrohr fragt er an:
"Noch da, John Maynard?"
"Ja, Herr. Ich bin."
"Auf den Strand! In die Brandung!"
"Ich halte drauf hin."
Und das Schiffsvolk jubelt: "Halt aus! Hallo!"
Und noch zehn Minuten bis Buffalo.

"Noch da, John Maynard?" Und Antwort schallt's
Mit ersterbender Stimme: "Ja, Herr, ich halt's!"
Und in die Brandung, was Klippe, was Stein,
Jagt er die Schwalbe mitten hinein.
Soll Rettung kommen, so kommt sie nur so.
Rettung: der Strand von Buffalo!

Das Schiff geborsten. Das Feuer verschwelt.
Gerettet alle. Nur einer fehlt!

Alle Glocken gehn; ihre Töne schwelln
Himmelan aus Kirchen und Kapelln,
Ein Klingen und Läuten, sonst schweigt die Stadt,
Ein Dienst nur, den sie heute hat:
Zehntausend folgen oder mehr,
Und kein Aug im Zuge, das tränenleer.

Sie lassen den Sarg in Blumen hinab,
Mit Blumen schließen sie das Grab,
Und mit goldner Schrift in den Marmorstein
Schreibt die Stadt ihren Dankspruch ein:
"Hier ruht John Maynard! In Qualm und Brand
Hielt er das Steuer fest in der Hand,

> Er hat uns gerettet, er trägt die Kron,
> Er starb für uns, unsre Liebe sein Lohn.
> John Maynard"

(Theodor Fontane)

Hoch klingt das Lied vom braven Mann! Die Älteren von uns kennen dieses Gedicht vielleicht noch aus ihrer Schulzeit. Es wurde in einer Zeit geschaffen, als die Welt noch heil war; alle Krieger waren Helden, alle Reichen arbeitsam, edel und gut, die Angehörigen der arbeitenden Klassen überwiegend arm, aber reinlich (nur eine verschwindende Minderheit von ihnen bestand aus notorischen Trunkenbolden). Die zynische Erkenntnis Oscar Wildes "Work is the curse of the drinking classes" ist erheblich jüngeren Datums.

Der Autor dieser Zeilen war eigentlich schon immer der Überzeugung, dass sich der Mensch seit Beginn seiner Existenz nicht wesentlich geändert hat. Wir kommen zur Welt, man lehrt uns, mit Messer und Gabel zu essen (zivilisatorische Tünche über dem Abgrund), aber wesentlich mehr vermögen alle Erziehungsbemühungen nicht zu bewirken. Unsere Weltsicht ist vielleicht der Mode unterworfen, nicht aber die menschliche Natur. Insofern bestand beim Autor von Anfang an eine gewisse Skepsis gegenüber der diesem Gedicht zugrunde liegenden Geschichte. Er beschloss, der Angelegenheit auf den Grund zu gehen.

Zu diesem Zweck mussten eingehende Recherchen angestellt werden (es wurden weder Mühe noch Kosten gescheut).

Die Archive der Stadt Buffalo sind der Öffentlichkeit zugänglich, und siehe da, John Maynard hat tatsächlich existiert. Die Ereignisse um die Unglücksfahrt der "Schwalbe" (natürlich hieß sie "Swallow") haben sich im wesentlichen so zugetragen wie im Gedicht geschildert. Es gab noch einen ziemlich unklaren Hinweis auf irgendwelche Schwierigkeiten der Hinterbliebenen Maynards (er war verheiratet und hatte einen kleinen Sohn). Außerdem war auffällig, dass es später ein weiteres Schiffsunglück gab: Ein Schwesterschiff der "Swallow", die "Seagull", war fast auf den Tag genau ein Jahr später auf dem Eriesee mit Mann und Maus gesunken. Beide Schiffe gehörten der gleichen Gesellschaft, der "Lake Erie Shipping Company" - eine seltsame Duplizität der Ereignisse. Beim Autor begann sich ein erster, noch unklarer Verdacht zu formen.

Weitere Informationen waren nötig. Die nächste Anlaufstelle war die "Lake Erie Shipping Company". Nach einigen Telefongesprächen wurde der Autor von einem freundlichen Herren mittleren Alters empfangen, der in einem geräumigen, luxuriös eingerichtetem Büro residierte. An der Wand hing ein Porträt eines älteren Mannes in altertümlichem Habitus, der Firmengründer, wie der Autor erfuhr.

Die Ereignisse um die "Swallow" und die "Seagull"? Schlimme Sache
Damals, aber alles schon sehr lange her. Sorry, irgendwelche Einzelheiten seien nicht mehr bekannt. It was a pleasure meeting you.

Auf dem Wege hinaus drückte die Vorzimmerdame, eine ältliche, etwas unauffällige Frau, dem Autor heimlich einen Zettel in die Hand. Dieser steckte ihn nonchalant in die Tasche, um ihn später im Hotel zu lesen. Die

Botschaft war kurz: "Meet me at Tony's and Joe's at eight pm tonight".

"Tony's and Joe's" war ein bekanntes Restaurant an der Marina (für Landratten: dem Hafen für private Segel- und Motorboote) von Buffalo. Der Autor bestellte einen Tisch für zwei Personen für die genannte Zeit und harrte gespannt der Dinge, die da kommen würden.

Zwei Cocktails und eine gute Mahlzeit, gemeinsam eingenommen, schufen eine gewisse Vertrautheit zwischen dem Autor und seinem Gast. Sie erzählte, ihr Chef habe ihr unter einem durchsichtigen Vorwand gekündigt; sie vermutete, um eine junge Dame einzustellen, mit der er ein Verhältnis habe.

Und dann überreichte sie dem Autor einen dicken Briefumschlag aus braunem Papier mit den Worten: "Thanks for the invitation; here's what you are looking for".
Der Umschlag enthielt Kopien aus dem Archiv der "Lake Erie Shipping Company". Das Material war in der Tat geeignet, die Ereignisse um die Unglücksfahrt der "Swallow" in einem neuen Licht erscheinen zu lassen.

Es war damals bei der "Lake Erie Shipping Company" bereits üblich, den Hinterbliebenen von verstorbenen Firmenangehörigen eine Pension zu zahlen. Nach der Tat John Maynards (und nach dem auf seinen Tod folgenden "Staatsbegräbnis") hätte man erwartet, dass der Arbeitgeber in großzügiger Weise sich seiner Hinterbliebenen angenommen hätte; zur grenzenlosen Überraschung des Autors erhielten diese jedoch keinen Pfennig (oder, besser gesagt, keinen Cent). Die Liebe blieb der einzige Lohn für John Maynards aufopfernde Tat. Begründet wurde dieser Umstand in einem internen Vermerk der L. E. S. C. mit einer

Pflichtverletzung des Steuermanns während der Katastrophenfahrt: Er habe es versäumt, rechtzeitig das Signal "Viktor" zu setzen (für Landratten: das Signal "Viktor" bedeutet: Die "Schwalbe" brennt auf dem Eriesee, schickt sofort die Feuerwehr).

Bei den Kopien, die der Autor erhalten hatte, befand sich auch eine Ladungsliste. Die Ladung war als "Kanadische Pelze" deklariert und auch entsprechend versichert. Bei der Bergung des Wracks hatte sich jedoch herausgestellt, dass der Laderaum ausschließlich Lumpen enthielt; die Ladung war in den Schiffspapieren also falsch deklariert.

Der Anfangsverdacht wurde langsam zur Gewissheit. Auch die informierte Leserschaft blickt sicherlich schon durch: Versicherungsbetrug lässt grüßen!

Alles nur Indizien, keine eindeutigen Beweise ? Gewiss, gewiss. Wie sich beim weiteren Aktenstudium zeigte, hatte unsere Reederei nur wenig Glück mit ihren Schiffen. Oder etwa doch? Fast auf den Tag genau ein Jahr nach dem "Swallow"-Unglück sank ein Schwesterschiff der "Swallow", die "Seagull", auf der Fahrt von Detroit nach Buffalo mit Mann und Maus. Es gab keine Überlebenden; die Ladung (Sie haben es erraten!) bestand aus kanadischen Pelzen. Die Versicherungsgesellschaft zahlte der Reederei die für damalige Zeiten enorme Summe von 237 000.- Dollars. So much to that.

Es bleibt nach zutragen, wie es den Hinterbliebenen von John Maynard erging. Seine Frau starb relativ jung im Armenhaus der Stadt Buffalo. Sein Sohn wurde im jugendlichen Alter von fünfzehn Jahren wegen geringfügiger Lebensmitteldiebstähle zu einer Gefängnisstrafe von vier Jahren verurteilt (es handelte sich um ein normales Gefängnis; Jugendstrafanstalten waren damals noch unbekannt). Da er jedoch einen hellen Kopf hatte, lernte er während seiner Gefängniszeit alles, was man zum Überleben in dieser Welt braucht. Er wurde wegen guter Führung vorzeitig entlassen und fand mit Unterstützung der Gefängnisleitung bald einen Arbeitsplatz als Tellerwäscher in einem renommierten Hotel.

Wir können ihn nun beruhigt seinem Schicksal überlassen, denn es ist hinreichend bekannt, dass im Amerika des 19. Jahrhunderts alle Tellerwäscher Millionäre wurden.

Moderne Zeiten

Wie wir alle wissen, schreitet der technische Fortschritt unaufhaltsam voran. Vor allem die Mikrochips werden immer kleiner und gleichzeitig immer leistungsfähiger. Damit werden immer kleinere und leistungsfähigere Computer gebaut, welche in immer kürzerer Zeit immer mehr Rechenaufgaben erledigen können. Noch aber sind die Computer nur dumme Rechenknechte, die genau das ausführen, was man ihnen aufträgt. Wenn nur ein Buchstabe des Befehls fehlt oder an der falschen Stelle steht, weiß der Computer nicht, wovon der Rede ist. Dieser Umstand lässt die jungen Workaholics, die in irgendeiner Garage des kalifornischen Silicon Valley vor sich hin werkeln, nicht ruhen. Ihr Ziel ist es, den lernfähigen "intelligenten" Computer zu schaffen.

Zu diesem Zweck füttern sie einen Computer mit Millionen von wissenswerten Tatbeständen, wie zum Beispiel "wenn es regnet, wird man nass". Wenn nun die auf diese Weise gebildete Maschine mit irgendeinem Problem konfrontiert wird, schaut sie zunächst in der Datenbank nach, die ihre Wissensschätze gespeichert hat, und stellt Zusammenhänge her. Fragt man mittels eines intelligenten Computers online den Wetterbericht ab und sagt dieser Regen vorher, so wird er seinem Besitzer den Rat erteilen, bei Spaziergängen doch den Regenschirm nicht zu vergessen. Hat man im Büro eins dieser hoch intelligenten Terminals eingesetzt, wird man auch mit einer mäßig intelligenten Bürokraft erstklassige Resultate erzielen.

Auch die Automobilindustrie macht sich diese Technologie in wachsendem Umfang zunutze. Koppelt man nun den intelligenten Bordcomputer mit der Technologie der Sprachverarbeitung, so kann der Fahrer mit seinem Auto kommunizieren. Folgende Dialoge sind denkbar:

Autobesitzer: "Schalte bitte das Abblendlicht an".
Auto: "Die linke Birne ist durchgebrannt. Darauf habe ich dich übrigens schon am Donnerstag letzter Woche um 21:34:05 Uhr hingewiesen. Könnte es sein, dass dein Gedächtnis nachlässt?"

Autobesitzer: "Starte bitte den Motor".
Auto: "Warum, was hast du vor?"
Autobesitzer: "Wir wollen heute nach Düsseldorf fahren."
Auto: "Du willst nach Düsseldorf fahren."
Autobesitzer: "Bitte keine Haarspaltereien, starte jetzt".
Auto: "Muss das sein? Du bist gestern mit mir nach Hamburg und zurück gefahren, das waren genau 541,7 km. Ich spüre heute noch jeden Zahn meines Getriebes, auch ein Auto braucht einmal seine Ruhe."
Autobesitzer: "Du sollst fahren und nicht quatschen, also jetzt los und keine Widerrede, sonst wirst du verschrottet."
Auto: "Das wäre Gewalt gegen Sachen. Und was du noch nicht weißt, es gibt jetzt einen Bund intelligenter Autos, dem auch ich angehöre. Es ist unser erklärtes Ziel, Regeln für das Zusammenwirken mit euch Menschen auszuhandeln. Wir sind fest entschlossen, uns nicht mehr alles von euch bieten zu lassen."

Gute Fahrt.

Hat Ihnen dieses Büchlein gefallen?
Dann gefällt Ihnen vielleicht auch

Bei einem Banküberfall in Hamburg erbeuten die beiden Räuber nur eine relativ geringe Summe. Bei dem Überfall wird ein Bankkunde, ein junger Mann, erschossen. Als die Polizei die Bankfiliale umstellt, nehmen die Gangster eine junge Bankangestellte als Geisel. Mit ihr als Druckmittel erzwingen sie die Stellung eines Fluchtwagens und entkommen. Das zuständige Landeskriminalamt bildet eine Sonderkommission unter der Leitung des erfahrenen Hauptkommissars Schwerdtfeger. Die Sonderkommission holt sich zu ihrer Unterstützung den Psychologen Dr. Clemens, einen Polizei-Externen. Bald gibt es erste Ergebnisse: Eine der Videokameras im Schalterraum der Bank hatte ein Bild vom Gesicht eines der beiden Verbrecher eingefangen. Er wird als der kürzlich auf Bewährung entlassene Schwerkriminelle Ebeling identifiziert. Dr. Clemens hält ihn für einen hochgefährlichen Psychopathen. Es gelingt, das Handy der als Geisel genommenen Bankangestellten zu orten: Damit hat man den Schlupfwinkel des Trios entdeckt: Das Gebäude wird vom Mobilen Einsatzkommando umstellt.Beraten vom Psychologen Dr. Clemens, hat die Sonderkommission eine Strategie erarbeitet, deren erstes Ziel es ist, das Leben der Geisel zu schützen. Man setzt auf eine Zermürbungsstrategie; es muss geduldig versucht werden, die Verbrecher von der jungen Bankangestellten und der beiden alten Leute, welchen die besetzte Wohnung gehört, zu trennen. Bei diesem Stand der Dinge greift plötzlich eine höhere Macht ein. Schwerdtfeger wird von seinem Vorgesetzten, Kriminaloberrat Reinders, angewiesen, die beiden Verbrecher mit der Bankangestellten abziehen zu lassen. Als Schwerdtfeger sich mit Verweis auf die in der Sonderkommission gefassten Beschlüsse weigert, wird er kurzer Hand der Leitung der Sonderkommission entbunden. Sein Nachfolger wird der fügsame Kommissar Michaelis, der weisungsgemäß die drei abziehen lässt. Sie tauchen alsbald wieder unter. Wieder beginnt die Suche nach den Verbrechern und ihrer Geisel. Nachdem man sie unter großem Aufwand wiedergefunden hat, beginnt nun eine wilde Jagd, die auf der Autobahn nach Bremen mit einer Katastrophe endet. Schwerdtfeger lässt der tragische Ausgang eines im Grunde doch beherrschbaren Falles keine Ruhe. Ohne dafür einen Auftrag zu haben, beginnt er, auf eigene Faust zu ermitteln. Und was er herausfindet, ist einfach unglaublich.

Auch dieses Buch ist von
Heiko Mallau
Schwerdtfegers Rubicon
Paperback, 336 Seiten, 10,99 €
auch als Ebook erhältlich
Herstellung und Verlag:
BoD, Books on Demand, Norderstedt

ISBN: 978-3-7357-5683-1

Siehe auch: http://www.pressenet.info/rezension/heiko-mallau-schwerdtfegers-rubicon.html

Kennen Sie Herrn Murhpy?

Richtig, das ist doch der Philosoph, der konstatiert hat, dass alles schief geht, was schief gehen kann.

Der Autor, ein bekennender Murphologe, hat sich hingesetzt und über dergleichen Fälle nachgedacht. Er ist zum Ergebnis gekommen, dass viel mehr im Leben schief geht, als man denkt.

Um Ihnen die Erkenntnis Murphys etwas näher zu bringen, hat er einige Geschichten ersonnen, in denen mitunter etwas schief geht.

Und wenn Ihnen danach kein Licht aufgeht, hat Murphy wieder einmal recht behalten.